김윤배 시집

내 생애는
늘 고백이었다

별·꽃·시 01

내 생애는 늘 고백이었다

펴 낸 날 2023년 01월 01일
초판인쇄 2023년 01월 05일

지 은 이 김윤배
펴 낸 이 박숙현
주 간 김종경
편 집 이미상
펴 낸 곳 도서출판 별꽃
출판등록 2022년 12월 13일 / 제562-2022-22130호
주 소 경기도 용인시 처인구 지삼로 590 CMC빌딩 307호
전 화 031-336-8585
팩 스 031-336-3132
E-mail booksry@naver.com
디 자 인 스튜디오 플린트
인 쇄 광문당

ISBN / 979-11-981341-0-3 03810
값 12,000

내 생애는 늘 고백이었다

김윤배

별꽃

목차

1부
이제는 힘겨운 꽃물을 건너야겠다

2부
서로를 헐어 오월이다

3부
눈보라가 그칠 것을 생각하지 않는다

4부
깊은 강이 너를 건너고 있다

1부

이제는 힘겨운 꽃물을 건너야겠다

가벼운 방

사랑을 말한 기억이 없네

몸은 고백이었고 외침이었네

부레옥잠의 몸이 내게로 왔네

청동불의 허리에 말랑한 수십 개의 방을 숨겼네
어떤 숨소리에 피멍의 사랑을 앓게 될지, 새벽은 빗소리였네

어린 새를 밀어내 첫 날갯짓을 가르치던 어미 새의 눈동자를 다시 보지 못하네
빈 둥지를 들여다보는 일로 하루의 상실이 갔네

그때 사랑을 생각했네
사랑이 떠난 후의 쓸쓸함을 생각했네

부레옥잠은 옮겨 온 지 며칠 만에 연보라 꽃을 피웠네

방마다 사랑을 숨겨 몰래 드나들었네

저주할 거라고 외치는 소릴 들으며
새벽 빗소리 속으로 나갔네

부레옥잠의 고백은 선언으로 들렸네
보랏빛 절규였네

영혼은 절규에 묻혀 천 일을 앓았네

가벼운 생의 더 가벼운 영혼을 생각했네

슬픔에 잠긴 내 영혼이었네*

*부에나비스타 소셜 클럽의 이브라힘 페레르의 노래

지음을 말한 일 없습니다

그 밤, 저 거문고 소리 들었겠지요

슬기둥 거문고 가락 내게 머문 선홍의 연민, 당신 가슴 뜯던 밤 와르르 괘들 무너지는 당신 눈빛 보았습니다 당신 거문고에는 현이 없었습니다 현들은 어느 어둠에 들어 목메었을까요

지음을 말한 일 없습니다

선홍의 시간 때문입니다 선홍의 시간은 순간을 영원으로 채색하고 물러납니다

채도의 계단에서 당신 불꽃이었고 환청은 계단의 깊이를 더했습니다

깊이를 짚을 수 없는 꽃불이었습니다
꽃불로 타오르는 목숨이었습니다
목숨은 늘 지음 근처에 있었습니다

성모 앞에 무릎 꿇던 당신이 당신인지요?
거문고 울게 하던 밤의 당신이 당신인지요?

성녀와 마녀는 독법의 차이인 걸 알겠습니다

풍장을 지켜보는 독수리의 눈빛 잊을 수 없습니다

몸이 지음을 알았다면 몸의 저주입니다

모란의 말들

이미 꽃들은 졌다
남긴 말들이 방백이었다

빗소리를 키우던 모란의 말들은 누가 듣고 기록했는지 방울뱀이 모란꽃 그늘에서 오래 기다리다 떠났다 모란의 말들을 귓속에 넣고 차령을 향했을 것이다 불의를 만나지 않는다면 모란의 말들을 층층의 묘비명이나 어둠의 숲에 전할 수 있겠지만 숲은 숲의 말들로 충만하다

모란의 말들을 사월의 꽃들이 지켜보고 있다
모란에게 주는 모란의 말이 죽음이라면 모든 방백이 어찌 삶일까

방울뱀이 모란 가지에 허물을 남기고 떠난 걸 늦게 알았다
허물이 방울뱀의 방백이었다

물의 골짜기에서 시작되는 곡성이 있다

산 자들의 방백이다

이제는 힘겨운 꽃물을 건너야겠다

배롱나무 거목들 뒤엉킨 그림자가 무거웠다

배롱나무 상사는 분홍 꽃물로
석 달을 흐르고도 병산에 오르지 못했다

한 계절을 강 건너 서성이던 사람이여

이제는 힘겨운 꽃물을 건너야겠다

배롱나무는 서원을 꽃물로 채워
핀 꽃과 진 꽃의 경계를 버린 지 오래다

나를 버리고 너를 얻어 돌아갈 수는 있겠다

겨울 햇살은 하회에 오래 머물렀다

강물로 뛰어들었던 연분홍 꽃잎들을 위해
서원 어디에도 다녀간 흔적 남기지 않겠다

조용한 시간들 소스라치는 낙조

배롱나무는 감옥을 이룬다

오래된 사원

산다화는 우물 깊은 여자였다

여자는 백련사를 기억하고 있을 것이다

낡은 그늘 속에서
질척거리는 더러운 벽 위에서
슬픔으로 출렁이던 눈동자들은

여자에게 원망과 적의를 묻으라고 했다

바라나시의 가트에 앉아 하루 종일
갠지스 강으로 흩어지는 불꽃을
산다화로 보았을 여자

꽃길에는 하루 종일 비가 내렸다

산다화 앞에서 주춤거리던 여자는 끝내 돌아섰다

붉은 꽃숭어리 툭툭 부러진다

용서를 말하지 않았다

잔디운동장을 활달하게 걸어 나오는 여자는 봄볕이었다

여자가 돌아오지 않았다면
잔디운동장이 저처럼 기울지는 않았을 거다
무엇을 물어도 배시시 웃기만 하던 여자
중국집 낮은 간판은 여자가 부론을 떠난 후 사라졌다
여자의 혼돈은 작은 이야기로 시작되었다
깔끔한 입꼬리에 주황색 짬뽕 국물을 묻혀 배시시 웃던 날이었다
봄비는 종일토록 부론으로 들어오는 길을 지웠다

여자가 조용히 남한강을 향해 걸어 나갔다

여자는 하염없이 흐르는 꽃잎이었다
꽃잎이 상실의 나날을 무엇으로 견디며
씨방을 버렸는지 꽃잎만 안다
납작해진 가슴을 당당하게 펼쳐

잔디운동장을 걸어 나오고 있는 꽃잎이다

물소리가 멀리 부론을 돌아나가는 봄날은

소나무 숲이 할매 수녀들의 낮은 목소리를 듣고 있다

마가렛 수녀님, 마침내 우리가 이 길을 건너는군요
탄식의 길이었죠 떠나는 우리들에게도 탄식의 길이죠
고마웠어요 마가렛이 아니었으면 소록도 평생을 어찌 지켜냈을런지요
떨려요 마리안느 수녀님, 이렇게 떠나는 게 맞는 건지 모르겠어요

소나무 숲이 할매 수녀들의 낮은 목소리를 듣고 있다

한 달에 한 번 이곳에서 부모 자식이 해가 지도록 바라만 보았지요
서럽고도 애달펐어요
바라보던 어느 한쪽이 주저앉으면 소나무 숲이 조용히 울었지요
달빛과 별빛, 바람과 파도, 솔숲과 어둠, 사계가 온통 눈물이었어요

소나무 숲이 할매 수녀들의 낮은 목소리를 듣고 있다

모두들 편지를 보고 놀랄 거예요
이게 최선의 선택이에요 내겐 46년이었어요 꿈만 같아요
이 새벽, 무엇이 소록도를 깨워 빈 침대를 흔들까요
바람이겠지요 바람이 소록도를 살아 있게 했어요

두 할매 수녀는 조용한 세월로 소나무 숲길을 건너고 있다

통곡의 기억들, 자고 나면 분화구가 주저 앉고, 자고 나면 은하수가 잘려나가고, 자고 나면 산맥이 떨어져 나가는, 천형의 흐린 수묵화를 수탄장愁嘆場 소나무 숲은 할매 수녀들의 낡은 시간 위에 펼친다

정월, 차운 달빛이 파도에 얹혀 하염없다

그에게 오늘은 저녁이 있을까

오늘은 인양되기도 전에 폐기되어야 하는 무의미한 침몰이다
그림자는 낡은 목관에 누울 것이고 숨소리는 정처 없이 떠돌 것을 알아 너울은 침통했다
누구도 오늘을 인양하고 싶은 생각이 없었다
오늘은 나타를 여는 익명이었다

강진 누옥에서 하산한다는 소문도 익명으로 떠돌았다

그는, 문학은 견자가 되고자 하는 고뇌이며
민생은 붉은 달의 유혈이라 했다

치명적인 상처를 강진 초막으로 치유하고 싶었을 것이다
금남로에서 별빛이 살아 있는 밤을 외쳤다
시민들은 그를 알아보지 못했다

익명으로 살아온 날들은 침몰의 비운을 은폐한다
그는 강진 누옥이 강진 초당이 될 것인지 고민이었을 것이다

누구나 익명으로 생의 절반을 소진한다

나머지 절반은 대지 위에 개진되어 누추해진다

*

그는 춘삼월이면 자신의 이름으로 개관되는 도서관으로 매일 출근해 햇빛 잘 드는 창가에서 회고록을 읽고 싶었다 생애에서 가장 소박하고 아름다운 시간은 너무 느리게 왔다

투사의 아내가 무표정하게 하관을 지켜 보았다

햇빛 잘 드는 한 자리는 늘 비워놓아야겠다
아무도 그를 기억해주지 않으면 그가 자소로 갚을 거 같다

*

그는 세상에 알려진 이름만큼 살아갈 수 있을 거라고 믿었다

이름에 취한 반생은 달콤했다 조국에 취한 반생은 더 달콤했다

버려지고 나니 세상은 더러운 진창이었다

날개를 퍼덕일수록 보이지 않는 그물은 그를 옭아맸다

세상 물정을 알았던들 그의 새벽은 달라지지 않았을 거다

전향한 시인은 그를 기억해주지 않았으나 국립묘지의 부드러운 흙이

뜨겁게 껴안았다 그때 그의 자소를 본 듯하다

*

스스로를 비웃는 것으로 세상을 갚는 사람은 영웅이거나 시인이다

종려나무에 적다

나는 내 문장의 만크루트였다

노예였으니 반성과 참회를 모른다

문장의 사막에서 만크루트는 태어난다
두개골을 옥죄는 것은 태양이다
비웃음은 밤에 종려나무로 흐른다
의식은 녹아내리고 비명은 모래 속을 파고든다

참담한 노예의 길을 종려나무가 막아선다

내 문장은 질주였거나 유혹이었다

기억상실의 고통을 비문으로 덮는다
내 삶이 음모를 읽지 못하고 휘청거린다
만크루트는 종려나무 아래 미쳐 날뛴다

세상의 문장은 더 많은 만크루트를 원한다

수장 水葬

화서부두 허름한 비닐 천막 안에서 동진(72) 옹은 5년째, 커다란 시 한 척을 짓고 있다

시를 짓는 일은 칠십 노구 속에 혹서와 한파를 채우는 일이었다

친구들이 소주병을 비틀며 비웃었지만

옹은 출어 때마다 싱싱한 시어들을 건져 올린 시인이었다

갑판에서 펄떡이는 시어들을 보고 있노라면 상징의 발목은 굵어졌다

비릿한 시어들은 가슴으로 방생했다 그럴 때마다 세찬 파도가 밀려왔다

가슴을 빠져나간 시어들은 아가미를 키워 돌아올 것이다

이물은 시문의 첫 문장이었다

첫 문장은 바다를 선홍으로 물들여 파도를 잠재울 것이다

거친 손으로 쓰다듬어 고른 시어들로 이물은 노쇠하지 않는 정신이다
둔탁하나 날카로움으로 바다를 가를 작정이다

고물은 시문의 마지막 연이 될 것이다
고물은 어선의 좌현과 우현을 병치로 쌓아 올린 뱃전이 서로 맞닿아 이루는 직유의 공간이다
직유의 공간에는 꽃 같은 날치가 날기도 하고 꿀벅지 같은 조기가 뛰기도 할 것이다
쇠심줄처럼 억센 사내라고 타박하는 아내의 공간이 될 고물이다

갑판 아래 어창은 비의의 공간이다
심해의 빛을 꼬리지느러미에 얹어 올라오는 예감의 물빛을 행간에 묻을 작정이다

한 척의 시가 완성되어 진수할 수 있을지를 의심하지 않던 동진 옹은 시편의 완성이 두렵다
시안이 청람빛 바다를 다 읽을 수 있을지

좌현과 우현이 성난 파도를 견디며 시행을 이끌 수 있을지

이물은 파도의 협곡을 넘나들며 행간에 숨긴 의미를 부두까지 무사히 껴안고 올 것인지

어창의 비의를 들키지 않고 만선의 기폭을 휘날릴 수 있을지

옹은 한밤중에 몇 번씩 잠 깬다

*

검은 고양이를 위해 테라스 구석에 놓아둔 굴비는 그대로다

며칠 더 기다려 굴비를 감꽃에게 먹일 생각이다
감꽃은 닭 모가지도 암소 갈비뼈도 먹었다

굴비가 감이 되고 감이 까치가 되는 과정을 진화라고 말해야 될까

진화는 당돌하고 예측불가고 예민하다

*

도다리 회를 떴다

도다리는 소주에 얹혀 포구가 되거나 비애가 되거나 고통이 되었다 갈매기가 되거나 파도가 되는 일도 일어났다 비애는 무얼 먹어도 비애고 고통은 무얼 먹어도 고통이었다

진화하는 식탁은 아무데서나 이빨을 드러냈다

*

대형 냉장고는 죽은 자의 식욕으로 가득 차 있다

간 고등어, 실치포, 멸치, 뱅어, 삼치는
무엇이 되기 위해 언 몸을 지탱하고 있다

주검의 진화,

그 당돌함과 예측불허와 예민함을 하루쯤 덮을

검은 고양이가 와야 한다

유혹

우리 거미 연인으로 만나 서로를 파먹으면 안 될까?

서로의 무덤을 지어주고 무덤을 포획하면 안 될까?

은밀한 밤을 골라 거미줄을 치고 걸려들게 하면 안 될까?

거미줄 위에서 위태로운 정사를 치루면 안 될까?

불투명한 바람이 거미줄을 흔들기 전에 서로를 감아 주면 안 될까?

수십 겹의 거미줄 속에 지하궁전을 세우면 안 될까?

다른 밤 같은 달빛을 지하궁전으로 불러 들이면 안 될까?

찰랑이는 거미줄에 이슬을 걸어 서로의 마음을 전하면 안 될까?

증오가 칼끝처럼 빛나는 시간을 축복이라고 말하면 안 될까?

말들이 비린내를 풍기며 상하는 가슴을 숨겨주면 안 될까?

끝내 새벽은 오지 않는다고 무덤 속에서 절망하면 안 될까?

2부

서로를 헐어 오월이다

청천

물소리는 생애를 멀리 돌아나간다

모든 생애는 허술하게 늙어간다

내 생애는 늘 고백이었다

물소리를 생의 이쪽에서 저쪽으로 걸 수 없을지도 모른다

청천에서는 고백 없이도 절망할 수 있겠다

눈길 한 번 머무는 사이

혹한 속

산국 마른 꽃잎을 소한 앞서 거둔다

순백의 산국 향 겨울 숲으로 흩어진다

봄까지 돌아보지 않을 절명의 기록

햇살이 저리다

목 놓아 울어야겠다

폐인

나는 옥봉의 몽혼에 중독되었다 나는 나무우편함 속 곤줄박이 새끼에 중독되었다 나는 강진 사의재에 중독되었다 나는 귀향의 은희지에 중독되었다

나는 폐인이어서 나다

나는 산벚나무의 은은한 발정에 중독되었다 나는 아델의 헬로에 중독되었다 나는 조성진의 쇼팽에 중독되었다 나는 산딸기 그늘 속 초록 뱀에 중독되었다 나는 상트페테르부르크의 넵스키 도로에 중독되었다 나는 길의 사라짐과 돌아옴에 중독되었다

나는 폐인이어서 내 안의 나다

나는 화요의 40도 증류주에 중독되었다 나는 모음과 자음의 근친상간에 중독되었다 나는 소월의 복각본 초판시집에 중독되었다 나는 조명희문학관의 낡은 사진첩에 중독되었다

언젠가는 흰머리수리의 어이없는 활강에 중독될 거
다

언젠가는 풍장으로 흩어져 있는 흰 뼈에 중독될 거
다

나는 나에게 중독되어 폐인이다

장미 전쟁

서로를 헐어 오월이다

슬픈 폭력

독버섯, 황홀한 채색은 증오와 연민, 저주와 비탄을 숨긴다

포자의 궁극은 계절을 앞당겨 새 하늘을 얻는 일이다

포자만으로 죽고 살기를 수백 번이다

마음이 포자였던 것이다

오늘은 어느 원목에서 종균으로 자랄지 가늠할 수 없다

포자를 품지 못한 자궁들 솟구치다 쓰러진다

황폐한 자궁의 쓸쓸함이여*

*니체

오파쿠쉐

눈은 있는데 가슴은 없는, 그러므로 느낌이 없는 색

늦여름 오래된 나무계단을 내려오다 비명을 지른다
진저리치던 뭉클한 미끄러짐과 우기의 칠장사 대웅전
처마 밑 흙바닥을 덮고 있던 축축한 그늘과

그때 회저였거나 혐오였거나 스스로를 버리며 얻은
치욕의 색이었을,
다시는 색으로 태어나기를 거부하고 침묵 속으로
숨어들고 싶었을,
그리하여 영원한 안식을 가지고 싶었을 저 죽음의
색,

삶의 오류는 어떤 것인지,

헤아리지 못하는 나는,

죽음도 탄생도 아닌,
어둠도 밝음도 아닌,

폭식이고 울분이라면,

백악기이고 쥐라기라면,

나는 1억 년 전의 오파쿠쉐*일지 모른다

색이 아닌 색으로 생을 덧칠하는

*세상에서 가장 아름답지 않은 색으로 컬러코드 448C

밀랍인형 박물관 문화예술코너에 그녀를 세웠으면 좋겠다
마드리드에 우아하게 미소 짓는 그녀는 수치와 긍지겠다

그녀는 시녀 몇쯤 거느리고 기품 있게 정원을 산책할 수 있겠다

밀랍의 육신은 백 년 후에도 빛나겠다
밀랍의 미소로 천 년을 농단한다 한들 촛불은 밝혀지지 않겠다

마드리드니까, 세라박물관이니까

수백만의 노란 불빛을 세라박물관에 옮겼으면 좋겠다
어둔 바다의 잠들지 못하는 파도를 옮겼으면 좋겠다

잠깐 동안, 퇴마 암전으로 마귀들이 샤먼의 바이칼로 달아났으면 좋겠다

분노며 환희며 사람의 축제는,

그러다 그렇게 죽어간 영혼들의 갈채였으면 좋겠다
군화와 살의를 제압한 따뜻한 비수를 밀랍인형으로 세웠으면 좋겠다

진짜 같은, 진짜 아닌 진짜의 권력을 밀랍인형으로 세웠으면 좋겠다

파도에 잠긴 검은 무지개를 밀랍인형으로 세웠으면 좋겠다

우리들 가슴이

세라니까, 밀랍이니까

봄날은 죽음도 가볍다

이대로 여강에 들어 그림자 지우고 싶다
강안 연분홍 등 밝힌 벚꽃 길로 흐려진다

저 꽃길 흐느끼지 않고 지나가지 못하겠다

잠시 산허리가 꽃길을 휘지만
벚꽃은 낙화의 순간, 비명 삼키지 않아 강물은 멍투성이다

출렁이는 마음으로 꽃비 내린다

여강을 거스르는 것은 봄날의 햇살

환한 미소였던 길이 강물에 닿기 전
날개 파닥이는 호랑나비를 보았다

여강이 어디쯤서 날개를 수장할지,

봄날 깊다

살아 있는 날들의 증오는 비익을 꿈꾸게 했을 뿐
죽어서도 매일 문양이 바뀌는 날개가 사랑 아닐까

증오와 사랑 사이의 보랏빛 비명碑銘이었던 여강은

봄날 흐르며 산그늘 흩는다

봄날은 죽음도 가볍다

뚜아에무아

뚜아에무아의 그녀가 목주름 여러 겹을 세우고 돌아왔다 마른 손가락으로 마이크를 잡고 속삭이듯 말하고 있지만 목소리에서 낙엽 밟는 소리가 났다

웃음소리가 공허하다
꽃잎 내리던 눈빛은 흐리다

어느 해변인지 그녀를 알아본 올드팬이 그녀의 음반을 언제나 두 장씩 사 모았다는 말에 울컥, 고국으로 돌아가야겠다 생각했다는 그녀다 지나간 시간을 되돌려 '약속'을 지키려 했다는 그녀다 '세월이 가면' 모두 잊혀진다는 걸 그때는 몰랐다는 그녀다

그녀의 청아는 서럽다

청아가 혼탁해지면서 세상의 넓이가 보였을 타국은 얼마나 아픈 상처였는지

맑은 음역에서만 생이 흘러갔으니

그리운 사람끼리 흘리는 눈물이다
서럽도록 아린 노래로 잊혀져 갔으면

그리하여 젊은 날의 노래로만 기억되었으면

쓸쓸한 그녀를 섬세하게 드러내는 카메라 앵글이 싫어지는 날이다

페이스북 무덤

사는 일이 통곡이어서 어깨 들먹이는 공간
페북은 소내素奈로 가는 길목의 그늘이다

흰 능금꽃이 피었다
통곡은 수만 송이의 꽃을 낙화로 이끄는 비밀한 힘
낙화 다음에 무엇을 볼 것인지 생각하지 않는 공간이 페북이다
무엇이든 페북에 올리는 순간 통곡은 시작된다

꽃이 진다

꽃 진 자리로 통곡은 전염되고
사람들이 가슴을 두드려 곡의 높이를 잡는다
따라 우는 사람들은 자기 설움으로 통곡한다

머지않아 흰 능금꽃 핀 계곡의 물소리를 듣게 될 페친들

소내로 가는 공간의 들뜬 갈채들이 갈기를 얻는다

어떤 통곡이 먼저 소내에 들지 알 수 없다

페북은 무덤으로 성시다

*

살려주세요

꽃뱀 한 마리 비명을 지르며 나무계단을 뛰어내려 풀섶으로 숨어들었다
봄볕 따사로운 나무계단에 올라 몸을 데우던 꽃뱀이다

살려주세요

마지막 한 문장이 비명을 지르며 뛰어내려 행간 속으로 숨어들었다
굴종을 거느리며 환유의 먼 길을 밝혀주던 독선의 문장이다

*

침묵하는 사람의 텅 빈 눈빛이 비명을 지른다
절망하는 사람의 검푸른 가슴이 비명을 지른다

살려주세요

비명은 탁류의 계단에서 어둠을 감고 있다

편의점에서, 경비실에서, 주방에서, 밀실에서, 그리고
법문의 행간에서

팔달문 옆 지하에 봉인된 젊은 날의 기억들, 종로다방은 몰락하는 공간이다 늙은이 서넛 연탄난로를 끼고 앉아 교회 지을 부지를 어찌하려는지 은밀하게 대화를 주고받는다 교회 신축부지가 휴거에 들지 모호한 계절이다

멀지 않은 도시로 여행을 갔다 서로 말이 없었다 여자는 버스 차창에 김을 불어 청춘이라고 적었다 그다음 글자는 알아볼 수 없었다 여자는 회복실을 나서며 휘청 헛발을 디뎠다 돌아오는 내내 헛것처럼 웃으며 말했다 정신적 고통보다 육체적 고통을 견디기가 더 힘들어요 여자는 그 도시를 또 한 번 갔다 몸의 몰락을 지켜보며 남자는 탈주로를 생각했다

종로다방은 누군가를 밤늦어 초조하게 기다리는 망연의 지형이기도 했다 여자는 남자 앞에서 UN성냥통의 성냥개비를 쌓는 것으로 여행을 잊으려 했다 디제이는 마지막 곡으로 김민기를 올려놓았다 여자는 성냥개비를 황급히 쓸어 담았다

늙은이들이 우르르 일어나 엉덩이를 빼고 노파 마담이 지키고 있는 카운터로 몰려갔다

지금은 사용하지 않는 기억은 내일로 가는 언덕의 비명

쿨렁이기 시작한 배와 숨소리, 언약의 꽃반지와 첫밤의 달빛, 가슴에 남아 있는 분노와 가지런한 이빨, 검게 변한 무릎의 주름들과 긴 속눈썹, 치골을 덮고 있는 작은 삼각의 음모와 연분홍 목소리, 달빛 흐르는 허리와 먼 우레, 눈보라 치는 레일 위에 영원한 어둠을 남긴 마지막 옆얼굴,

지금은 사용하지 않는 기억은 추악하고 간교한 시간의 퇴적

첫 행의 두려움과 새벽 시간의 무위, 살모사의 허물을 닮은 마음과 산딸기의 유혹, 주점의 불결한 돼지껍질과 빨간 뚜껑 소주, 거친 악수와 멀어지는 발소리, 여기저기 돌아다니는 이름과 오래된 문학잡지들의 비아냥거림

매일 살의를 드러내고도 인식하지 못하는

3부

눈보라가 그칠 것을 생각하지 않는다

네거리

네거리에는 짐승처럼 울부짖던 여인이 서 있다

눈보라가 그칠 것을 생각하지 않는다

길들은 묻히고
그리운 사람은
마음의 난파를 알지 못한다

우수 하루 앞서
세상 가득 통곡이다
통곡 휘몰아치고 나면
온통 멍이어서
꽃눈은 개화의 시간을 잃어버린다

네거리에는 짐승처럼 울부짖던 여인이 서 있다

여인은 빈 자궁을 흐르는 달빛 소리에 귀 기울인다
오래된 몸을 청대처럼 세우며 찰랑이는 입김이다
며칠 사이 몸이 얼마나 깊은 건지 잊었다

오늘은 눈보라의 깊이를 모르겠다

어떻게 소멸의 순간을 건너는지

소멸 건너면 봄꽃 피고, 바람은 꽃대 흔들어 상처 내는지

지상의 슬픔

유니세프 광고는 아프리카 흑인 아기의 북통만 한 배와 가는 팔다리와 맑고 커단 눈동자를 비춘다 3만 원이면 저 아이를 살릴 수 있다는데 월드비전 돕고 있는 3만 원 때문에 망설인다

여보세요 거기 누구 없소?*

터키 해변에서 엎드린 채 발견된 시리아 난민 아일란 쿠르디(3세)의 주검은 세계인의 가슴을 보랏빛으로 물들게 했다 아이의 등 뒤로 철썩이는 파도가 무어라 말하는 듯한데 알아들을 수 없다

여보세요 거기 누구 없소?

침몰한 배의 화물들은 그대로이고 인양되지 않고 있는 눈망울은 숨을 잊은 채 부식되어간다 영혼들아 이제는 너희들이 지상의 슬픔을 안타까워하고 있지만 지상은 수장 후에 달라진 게 없다

여보세요 거기 누구 없소?

거기에 가슴 뜨거운 숲이 있거나 팔 긴 나무가 있거나 눈물 많은 이슬이 있었다면 달려왔을까

몰락한 도시를 떠나는 길고양이들이 분노를 찢으며 운다

*한영애의 노래

*

떠오르는 별이 발견되었다
호모 날레디
요하네스버그 서북쪽 50 킬로미터 떨어진
동굴 묘지는 조상이 묻혀 있는 어둠이다
어둠은 300만 년 동안 뼈를 품고 있었다
별빛도 어둠의 수줍음을 알아 비껴갔던 것

넓적한 광대뼈, 튀어나온 입, 주름 많은 이마가 영락없는 할아버지고 아버지다

마을 공동체가 역병을 막고
애달픈 주검을 함께 울어주었던 호모 날레디는
동굴의 언어를 알아
어린 주검부터 늙은 주검까지
사후의 삶을 단단한 돌에 기록했다

*

생매장의 삶을 영화라고 말할 수 없는 이유를 알았다

바람도 기웃거리지 않는 생매장의 장지는 수억에서 수십억 원이다

빌어 쓰는 장지도 수억 원이지만 그도 동난 지 오래다

생매장 장지 하나를 위해 평생을 허무는 호모들이 있다

부동산을 수백 번 드나들었다

조상 호모 날레디는 아픈 질문이다

부동산에서 문자가 왔다

반지하가 나왔습니다

침묵은 길어지고 있었다

아이가 군대 가 있는 2년 동안 천 원짜리 김밥만 먹었어요 그렇게 모아 대출금을 갚아나갔어요 아이에게 고향을 만들어주어야겠다는 생각밖에 없었으니까요

몽유처럼 계단을 내려서던 그녀, 자미의 그림자로 혼몽해지는 정신을 흔들어 깨우며 생의 계산기를 두드려 숫자를 맞추던 그녀, 때때로 꿈꾸듯 먼 하늘을 쳐다보던 그녀, 백야의 단발 번개를 펜 끝으로 맞던 그녀, 피 흐르는 허벅지로 거친 문장을 내닫던 그녀,

호수의 물빛을 따라가면 오랜 기원이 어느 물길을 열어 꽃잎에 얹히는지 알겠다

고향 집 언덕 홀로 앓고 홀로 일어서던 자미는 침묵 속에서 새벽을 맞겠다

그녀에게 자미꽃 백일은 애곡 돌아나가는 고향이겠다

길이 유적이다

어둠은 먼 길이다
길은 울분을 밟고 밤이슬에 젖는다
초당 연못으로 흐르는 물소리가 한지 창을 넘는다
어둠은 달빛에 몸을 주었으니
몸 가벼운 날 동암을 나선다
야생차 지천인 백련사 산길은 홀로 저물어 깊다

어둠은 저문 후의 육신이고 유배 후의 영혼이다

스님의 오랜 잠 깨울 수 없어
마음 동백 숲으로 스며든다
피가 순미해진다
문득, 다조 앞에 앉아
떡 차 내릴 시간의 고요를 생각한다

초당도 동암도 서암도 폐허다

폐허 위에 천박한 시대를 앉혀 야생차 나무도 외면이다

천 년은 마음 닮아지는 시간의 역린

바닥에 누운 희미한 돌부처에 나를 던진다
조용한 물소리 지나 짙은 안개가 열렸다 닫힌다
어느 부위가 성감의 붉은 꽃물로 얼룩질지 모른다

산사에서 몸은 역병이다 돌의 몸도 몸이었으니 마멸은
기억의 낮은 지형이다
얼핏 젖은 삼나무 숲이 가사 사이로 보인다

한 쌍의 돌부처를 정상에 뉘인 석공은 하루 동안에 세상이 바뀌지 않은 것을 알았다

그러므로 늦가을 비다

어긋나는 지점의 석질이 시리다

풍화에 이르는 돌 속으로 빗물이 스민다

왜 하필 지리산인가 젊은 날의 너 다운 선택이다
피 흘리지 않고 지리산을 점령한 너는 파르티잔
구례에서 산청으로, 뱀사골에서 세석평전으로
파르티잔의 게릴라전은 청춘을 흩는 낮달이었다
너는 계곡마다 발소리를 남기지만
게릴라전 삼만 리는 삼보 일 배나 오체투지로 끝나지 않는다
마음보다 몸이 투항하고 싶었던 날 섬진강 물빛이 깊었다
너의 벌거벗은 투항은 야생화들의 환희였다
강물은 오래 기다렸던 육체를 받아 숨찼다
파르티잔에게 투항은 없다 너는 순두류 아지트
혹은 이영화 부대 찾아가는 낙오병
야생마라고 부르는 게 네 문장이다
문장으로의 침투는 때로 지리멸렬해
몸은 거친 문장 위에 놓여 노숙의 나날이었다

이현상을 관통한 마지막 빛은 어둠이었다

진주모운은 절규 뒤에 온다

화력발전소의 초고압 전선은 절규하는 바람이다

큰 개는 아무 때나 윙윙 소리를 향해 짖었다
그가 밤늦어서라도 내려와야 되는 큰 개, 무료의 시편이다
시편은 또 있다 그의 비닐하우스에서 밥장사하는 늙은 주모다

오늘은 그녀의 토종닭 백숙이 고압으로 푹 고아지는 날이다

그가 마침내 고압을 생의 필마로 둔 면천은 흙이 붉다
붉은 고압이어서 분노를 더 높이 밀어 올릴 수 있을 것이다

장고항쯤 달아나고 싶은 날들이 편서풍보다 많았는지 모를 일이다

한산소곡주에 취해 면천을 떠날 때 진주모운이 그의 선산을 붉게 두르고 있었다

돌 축대를 쌓던 숨소리도 절규였고 외진 어둠의 달빛도 절규였을 면천인데
나는 그의 절규를 듣지 못했다

진주모운은 절규 뒤에 온다는 걸 몰랐다

젊은 여주인의 흰 종아리가 눈에 들어왔다 그녀는 몸을 숙여 간 고등어를 손질하고 있었다 굽기 전에 간 고등어가 아가미 가득 물고 있던 햇볕과 바람과 소금과 파도와 심해의 적막을 낙동강 물에 헹구는 그녀의 탱탱한 종아리가 펄떡이는 고등어였다

고등어는 어떤 물살을 거슬러 올라 하회식당이었을까

울진이 고향 아니껴 하회 남자와 결혼 해가 십 년이니더 물굽이 회돌이가 어디 하회뿐이니껴 사는 일이 온통 회돌아 나가는 물굽이 아니니껴 지난해는 세월호로 수학여행 금지시켜 파리 날렸고 올개는 메르스 땜에 개점휴업 아니니껴 하회마을이 쬐매 살아나는갑다 싶지예 사내는 낙동강 지킴이로 한세상 살아가니더 하회의 새벽 물안개 속으로 사라졌다가 오밤중에 헛것처럼 돌아오니더 세사가 뜻대로는 아니지예 그래도 딸 아이 하나를 얻었으니 하늘 본 일 있십니더 후훗 처녀 때는 미인 소리 안 들었능교 이자는 아니라예

그녀의 희고 탱탱한 종아리가 식탁 사이를 헤엄쳐 다니는 하회식당 마당으로 낙동강 물소리가 고등어 떼로 올라온다

노시인의 작은 어깨가 흔들렸다
말소리는 자조로 심연이다

노빨들의 데모였지요 덕수궁에서 광화문까지 위안부 문제 똑바로 해결하라고 굽은 등을 일렁이며 가두행진을 했어요 경찰은 제지하지 않았지요 노인들이 길을 잘못 들었거니 했던 거지요 미소로 격려까지 해주었지요 감동적인 장면이었어요

쨍쨍한 햇살이 궁궐 지붕에 걸려 있었다

노빨들의 데모를 어느 신문도 써주지 않았어요 은회색 구름이 궁궐 마당을 내려다 보고 있었는지는 기억나지 않아요 우리는 흐린 기록 속으로 사라진 노빨들이었어요

젊은 날 시국 사범으로 콩밥을 집밥처럼 먹었던,
콩밥의 의미 밖에서 흘러간 세월이어서 더 아린,
더러는 먼저 떠난 동지들이 그리운,

서녘 하늘 붉게 물들일 수 없다는 걸 알고 있는 늙은 투사들

광장을 붉은 눈으로 지켜보던 청춘이었다

노시인이 홍조를 띠며 자작시를 낭송한다

목계나루는 사라진 지 오래다

금광 호수를 왼쪽으로 돌아가면 나타나는 오래된 집은 십 년 넘도록 거미줄로 포박되어 있었다 어느 날, 중년의 깡마른 여인이 쪽마루의 먼지를 털고 작은 창을 닦아 호수의 물빛을 불렀다 쪽마루에 앉아 차령을 보는 것이 꿈이었을 것이다 그렇게 호반의 삶을 시작한다 싶었는데 갑자기 지붕을 들어내고 벽채를 헐고 터를 고르고 콘크리트 타설을 시작했다

사람은 자기만의 공간을 위해 거미줄에 갇힌 달빛을 버릴 수도 있었다

며칠째 여인은 보이지 않았고 붉은 벽돌은 포장을 풀지 못했다 콘크리트 바닥 위로 가시철조망이 지나갔다 벽채를 올리는 일은 지난할 것 같았다 벽채 없이 지붕을 올릴 수 없으니 여인은 멀리서 집터를 보며 라이터를 찾고 있을 것이다 토지주는 무단 점유를 더는 허락하지 않을 것이다 공사 시작부터 지켜보다 철조망으로 제동을 걸어 여인을 절망케 했을 것이다

사람은 소유의 눈빛들로 청산을 부르지 못하고 청산으로 드나 싶었다

헌다는 말과 세운다는 말 사이의 산법은 탄식이 되기도 하고 음모가 되기도 하며 호수의 물이 차오르는 날까지 계속될 듯하다 낡은 집은 사라졌지만 호수의 물빛은 푸르고 깊다 물속을 알 수 없는 계절이다

철조망은 여인의 가슴에 걸려 붉게 녹슬기 시작했다

이제는 늪지를 말할 때

잎을 찢고 나와 피던 보라 색깔 도도한 가시연꽃을
배반의 입술이라 했던

너, 기억하지

백련에 취하던 여름날은
귓가를 맴도는 숨결이 아프고도 달았는데
발등을 훑던 네 말은 연꽃잎을 더 넓게 펼쳤지만
언약의 허망함을 알고 있어
백련은
순백의 침묵을 수면에 펼치고
산자락에 머무는 산 그림자를 늪지로 부르는

너, 기억하지

밤에 피는 빅토리아 연꽃의 황홀한 대관식 후 별들이 어떻게 늪지를 떠났는지
밤에 피는 그 많은 기만과 저주의 색깔이라서
어디 살을 태우지 않는 사랑 있나

속임수 없는 입술 있나
함부로 벌어지는 몸의 틈들로 밀려드는 밤을

너, 기억하지

죄책감은 아니었을
황홀했으므로
피 흘리며 피운 꽃이었으므로

– 이민정에게

너는 세상과 결별하고 싶다지만

그림자에서 슬픔을 읽어내던 눈빛을 떠나보낼 수 있겠니?

차게 식어버린 저녁의 기분을 아무렇지도 않게 기억해낼 수 있겠니?

스물한 살 너에게 행복과 슬픔이 어째서 동의어인지 말해 줄 수 있겠니?

가시버시의 막걸리 가득 찬 난상토론을 이제 결론 낼 수 있겠니?

강의실 창 너머 검푸른 바다 위에 분분하던 희망을 버릴 수 있겠니?

밤의 변두리를 헤매다 해장국집 식탁에 엎어져 울먹이던 사랑을 버릴 수 있겠니?

두렵지 않았으면 좋겠다

세상이 너에게, 네가 세상에게 더 따뜻했으면

네가 사람을 더 깊이 품을 수 있겠다는 생각은 능금꽃 다음이었다

너 떠난 후 능금이 그을음병에 걸려 검게 변하고 있다

햇빛이 먼 탓이다

*

버려지고 나서 먹고 싶은
삼식이 매운탕
못나서 매력 있는 근친
버려져도 억울할 게 없는
세바스티스스크스 마모라투스

못생겨서 깊은 바다에

버려졌으나 잊혀지지 않는 삼식이

*

산그늘마다 진달래가 피면 버려졌다는 생각
버려졌으나 잊혀지지 않아 피는 봄꽃들

티베트로 떠나며 삼식이처럼 웃던 너
일 년 후 네 전화번호는 비어 있었고
입장으로 삼식이 매운탕 먹으러 가며 울먹이던

버려지고 잊혀지는 일이 티베트의 약속

소년은 지상에 길고양이를 돌보는 아름다운 손이 있다는 걸 몰랐다
소년의 손에는 깃털과 돌멩이가 들려 있었다
소년은 돌멩이에게 속삭였다

너는 숨겨 둔 날개를 펼치는 거야 깃털보다 늦게 지상에 닿는 거야 그게 가능할까 라고 묻지 마 누군가 너의 낙하를 보며 비명을 지르지 않을까 숨겨둔 날개를 보며 눈을 감지 않을까
깃털보다 오래 공중에 머물기 위해 날개를 펼치는 거 잊지 마 네겐 깃털이 모르고 있는 비밀이 있는 거야 깃털이 제 그림자에 닿기 전, 네가 먼저 지상에 이를 수는 없는 거야

네가 깃털과 손잡고 뛰어내릴 수 없는 이유를 말해줘도 될까 처음부터 너는 둥근 그림자였던 거야 다음 별에서 누구도 만나기 전에 만나야 한다던 깃털의 속삭임, 네 가슴 속에 돌무늬로 남겨서는 안 되는 거야 지금은 네 검은 별의 마지막 섬광인 거야 동반 투신

이라는 유혹을 뿌리친 건 용기였던 거야 죽음을 증거
하는 일은 구름도 싫은 거야

소년은 삶과 죽음이 동시에 지상에 닿는가 알아보
고 싶었다

잠 못 이루는 누군가의 창으로 초록별이 진다

적막

니 몇 살이고? 학생이제? 이 분이 팔십 노인이다 팔걸이에 좀 기댔닥꼬 눈을 흘겨? 니는 젊디젊은 놈이 앉아서 가고 팔십 노인은 서서 안 가나? 그래 좀 기댔고로 그게 잘못이고? 엇따 눈을 치뜨노? 눈깔아 눈 안 깔아? 자리 양보는 못 할망정 팔걸이에 기댄닥꼬 눈 흘겨? 싸가지 없는 놈이구마 니 어느 대학 다니노? 니 부모는 안 늙노? 니 에미 애비도 나가서 이 꼴을 당한다는 생각은 안 드노? 못된 것 같으니락꼬 니 정말 눈 안 까노? 눈 깔아 어따 눈깔을 하얗게 치뜨노? 팔십 노인이 좀 기댔닥꼬 눈 흘겨? 에이씨가 뭐꼬 에이씨가 못 되그루 아예 씨발이라고 욕해라 욕을 하락꼬 나쁜 자식 눈깔아 눈 치뜨면 어쩔 거야 팔십 노인을 칠 거야? 내로 칠래? 그래 쳐라 쳐봐 싸가지 없는 놈 눈깔아 안 깔아? 못 깔겠어? 이 새끼가 정말

버스 안은 적막했다

4부

깊은 강이 너를 건너고 있다

*

갑판은 이튿날 새벽 두 시까지 아수라장이었다

사내는 참치용 칼을 찾아들었다

어둠 속에서 파도가 부서지고 있었다 배는 남쪽으로 미끄러졌다

조타실 흐릿한 불빛으로 타륜에 기댄 선장이 보였다

타륜에 피가 튀었다 배의 방향은 바뀌지 않았다

사내는 기관장을 찾아 나섰다

기관장은 눈을 부릅뜨고 참치용 칼을 노려봤다

기관장이 조용해졌다 피비린내가 선실을 채웠다

사내는 붉은 달빛 흐르는 칼을 들고 갑판으로 돌아왔다

선원들이 어둠 속으로 몸을 피했다

*

반란은 달빛 관절을 꺾어 비명으로 세상을 뒤집는다

모든 반란은 지하묘지의 돌계단 위에 있다

사내가 입에 흰 국화꽃을 문다

하루, 하루만

분노를 생각하면 분노가 밀려옵니다
꽃비를 생각하면 꽃비가 밀려옵니다

잠 속에서 통곡하는 층층나무 숲을 만납니다

길이 어디쯤서 단애를 만나 명운을 접을지 모릅니다
내 생은 눈 멀어 문 닫는 일이었습니다

지난날의 눈빛들이 칼날입니다
칼날은 내 푸른 몽상을 저밉니다
검은 말들을 저밉니다

하루하루가 흙 관이어서 지는 해를 보지 못합니다
층층나무 숲으로 보랏빛 어둠이 넘어옵니다
저 어둠 속에 영혼의 거처를 마련할 수 있다면

창은 내지 않겠습니다

사이

사이를 눈빛으로 읽으면 흐느끼는 새벽이었다

계절과 계절 사이에 사람이 있었다
산수유 꽃이 있었다 아, 산벚꽃이 있었다
산벚꽃이 기적처럼 빈 잔에 한 잎씩 날아와 있었다
바람 많은 날이었다
빈 잔과 산벚꽃은 계절을 밀고 가는 힘이었다

빈 잔과 빈 잔 사이에 어둠이 있었다
몸과 몸 사이에 흐느낌이 있었다

어둠은 목숨이 숨어 있는 깊은 언약이었다
계절과 계절 사이에 사랑이 있었다
흩날리는 꽃잎이 있었다

마지막이라고 말하지 않아도 마지막 꽃잎이었다

사이를 이성으로 읽으면 별빛 쏟아지는 병실이었다

해시海市*에서의 한 때

몇 년을 해시에 살았습니다 물의 눈동자를 가진 여자는 수평선을 지평선으로 혼돈하는 날들이었습니다 여정의 끝은 수녀원의 포도주와 슬픈 눈동자와 붉은 장미였던 기억이 몽환 속으로 흘러갑니다 해시에서 해를 건져 올리는 일은 젊은 함성이었습니다 여자는 구름과 나무와 포도주와 계단을 성소에 올렸습니다 때로 종소리가 폭포처럼 쏟아졌습니다 여자는 빛으로 된 말을 흘려보냈습니다 여자의 기도는 몸의 곳곳을 순례했습니다

물의 눈동자를 가진 여자를 창 앞에 세우게 되었습니다 창에는 오색의 물빛이 무지개처럼 떠 있었습니다 여자는 물로 숨 쉬고 물로 잠들고 물로 노래했습니다 여자의 나신을 늦게 오른 해가 훔치는 날, 여자는 먼 물빛을 불렀습니다 여자는 유독 물로 된 흔들의자를 좋아했습니다 의자가 흔들릴 때마다 세상이 흘러넘쳤습니다 여자의 노래로 수평선이 크게 휘었습니다

그 후는 불이었습니다 불은 순식간에 수녀원에 이르렀습니다 나무들이 불타고 돌계단이 불타고 촛대가 불타고 말로 된 모든 것들이 불타올랐습니다 여자의 흰 발이 불타올랐습니다 여자가 떨며 기도했지만 불길에 묻혔습니다 해시는 조용히 늙기 시작했습니다

해시에서 목숨 걸었던 시간은 여기에 존재하지 않습니다

*신기루를 이르는 말

헛제사 밥을 먹고 올라오다 느닷없이 만난 언총 표지판

예천군 지보면 대죽리 156-1 말 무덤을 찾아 들어 갔다.

야트막한 언덕에 말은 잠들어 오백 년이었다

말은 세사世事였으니 저 말 무덤은 한세상을 묻은 것이다

가슴을 뛰쳐나오려는 말을 누르고 새벽길을 밟던 나여

시문을 가슴에 묻어두고 수십 년이던 시총詩塚이여

폭염 후에 폭우다 시총을 때리는 저 빗줄기

말의 퇴적층을 밀고 올라오는 폭풍 눈물이다

육신이 빠져나간 빈 공간을 감당하지 못하는 나여

높고 아스라한

야심만만한 시절이 있었던가 적란운 그, 낙뢰의 음모를 가슴에 넣고 살던 시절이 그 시절이었나, 수직으로 솟아 있던 먹구름이 분노였던가 절망이었던가 번개 그, 절명의 순간을 야심만만이라고 할 수 있을까

수많은 몸의 틈 그, 낙화가 펼쳐 보이는 연분홍의 죽음을 사랑의 완성이라 쓸 수 있을까 심장의 반란을 정취라고 쓸 수 있을까 그렇게 한세상 건너고 있는 걸 몽상하는 영혼이었다고 쓸 수 있을까

연초록 이파리들이 사색의 비망록이었다 잎 잎마다 소스라치는 생이 적혀있다 까마귀 떼가 날아올랐다 높고 아스라한 몸이었으니 죽은 자들의 눈썹은 수취인 없는 편지였다

*

달이 차면 배꽃 한 몸살이겠지요

배꽃은 달의 비밀이었으니까요
한낮의 배꽃이 작은 죽음이라는 걸 알아버린 죄 있지요
그날 배꽃은 몇 번이고 낙화를 거듭했고

마침내 절명이었지요

*

너를 배꽃 아래 세워 울게 한 일 있다

너, 전생부터 함께 있었다고 계절로 날아와 쌓였다
너, 후생까지 함께 할 거라고 투신하는 비명으로 선혈이었다

울음은 깊고 그윽한 산그늘이었다

늦봄 배꽃은 얼마나 더디게 쇄골 지나 허리로 내려가

쓸쓸한 자궁에 이를지
달이 차면 나무 그림자 흐려져 하늘 멀리 흘러간다

*

파탄이 어디서 시작되었든 사방이 흰 벽이었지요

달이 차면 묘지에 흐르는 고양이 울음 듣게 되겠지요

수르스트뢰밍의 기억

악취 진동하는 매혹의 너
악취여서 중독인 너
중독 후 영혼이 사로잡힌다

거기까지 가는데 수십 년

너는 악취를 숨기지 않는다
너를 미워할 수 없게 하는 미덕이다

악취를 안고 입 맞추고 뒹굴고 감았다
멀리서 촛불이 타오르는 밤이었다

후각이 마비되며 세상의 냄새가 사라졌다
너를 만질 수 없다

먹는다는 것은 함께 살겠다는 뜻
두 번 먹으라면 차라리 죽음 쪽이다
중독이었으니 이미 죽은 자의 썩은 살덩이

너는 바다의 기억 속을 떠돌며
환상의 가시를 온몸에 찔러 넣는다

악취가 너를 영원하게 한다

악취로 악취를
황홀로 황홀을

해자

나이 들면 세상이 덤덤하고 밋밋하다
세상이 바뀌어도 그렇고 안 바뀌어도 그렇다

낡은 성에 세 들어 산 지 오래다
별들은 무수한 창 가득 어둠과 몸 섞는다

낯선 말은 별과 별 사이의 아득한 거리다

설레는 말이 있기는 하다

바람은 바람의 말로 낯설고
말들은 마음의 날카로운 모서리에 닿아 문밖 세상이 된다

낡은 성에 매복되어 늙어가는 말들,
낯익은 말들의 성채를 살아온 몸은 회한의 그늘이다

달빛이 건너오지 못하는 해자를 파고 싶다

변방 달빛

시내버스는 도심을 지나 강을 건넜다
강물에 잠겨 찢기는 도시가 아름다웠다
남자는 자신의 오래된 시집을 읽다 가슴을 누르며
몸을 굽혔다
낡은 활자들이 쏟아져 버스 안을 채웠다
불후가 아니면 쓰레기라고 말하는 승객은 없었다
운전기사가 거칠게 브레이크를 밟았다
남자가 의자 밑으로 구겨져 들어갔다
동전들이 쏟아져 운전석까지 굴러갔다
미친 새끼
종점 부근의 달빛은 창백했다
달빛 그늘 속으로 길고양이가 느릿느릿 사라졌다
멀리 어둔 강물로 별들이 뛰어들었다
한 사람쯤 죽어도 좋은 밤이었다

두류산 계곡

어느 날 구글에서 임진강을 검색했다

림진강으로 뜨고 붉은색 끼릴문자로도 나타났다

림진강 발원지를 따라 북으로 스며들었다

림진강 발원지 두류산 계곡까지는 멀고 험하다
북진 때, 이곳 거치지 않고 평양과 원산 거쳐 두만강에 이르러
강물 마시며 엠원과 칼빈을 벗어던졌을
젊은 영혼들은, 영혼으로 발원 계곡에 이르러
흘러간 이름과
흘러간 참호와
흘러간 암호를 부르겠지만,
되돌아와 발원의 차고 시린 새벽을
젊은 목소리에 담을 수 있겠다

림진강이었으니

북진이었으니

두류산 계곡 차오르는 낮 안개에

유품들 묻고 젊은 날의 산하로

베티성지 금강소나무가 늘 붉은 얼굴로 서 있는 것은 성모상 오르는 발자국들의 죄 때문이다 어느 발자국은 성모상이 웃고 어느 발자국은 성모상이 외면하는지 안다

금강소나무가 사제의 발소리를 듣는다
조용하고 무겁고 깊다
번뇌를 버리지 못한 발소리다
발소리는 한동안 멈추어 선다

발소리는 허공에 심장을 놓는다

사제는 정죄의 순간을 떨며 금강소나무를 끌어안는 일 많았다 그때마다 사제의 어깨가 한동안 출렁이고 무명 순교자 묘소로 가는 계단이 놀라 뒷걸음질 쳤다 차령산맥이 호수로 내려서고 금강소나무는 피정에 든다

사제가 어둔 성당 문을 민다

나무십자가가 사제에게로 쓰러진다

*

쓸데없는 일에 목숨 건다고 혀를 찼는데

꽃씨를 보면 꽃이 필 때를 그리고, 꽃이 피면 꽃씨를 그리는 마음이 있다
비밀정원은 쑥섬의 미소였다 바람이 잠깐 들러 꽃들의
볼을 쓰다듬고 바다로 뛰어드는 일 말고는 고요하다

몇 달째 먹구름은 수평선에 팔려 쑥섬을 잊었다
꽃대궁은 꽃봉오리를 밀어 올리고는 햇빛에 눕는다

*

달빛은 시든 꽃잎 위에 흐린 안개를 뿌린다
풀벌레들이 오색실 같은 진혼곡을 마른 꽃숭어리에 걸쳐 놓는다
뿌리들은 먼 곳으로 실뿌리들을 보내지만 땅속 어디에도 수맥은 없다

절명 앞에 꽃들은 처연하다

비밀정원은 탄식처럼 밤 깊다

비밀정원은 허망해서 아름다운 꿈이다

*

너는 내 비밀정원이었다

달의 산

밤마다 나일은 닫힌 창으로 밀려온다
달빛이라고 내가 나에게 속삭이지만 나일이 맞다

발원의 작은 샘에 달과 산이 잠긴다
달은 한쪽 어깨가 기울기 시작했고 산은 어둠에 묻혀 창백했다
나일의 급류는 조증이고 완류는 울증이었다
나일은 두 유속을 교묘하게 완성하며 장엄한 대륙을 건넌다

대륙에는 삼백 예순의 강물이 흐른다
강물마다 다른 유속을 숨겨 비밀한 신음이다
죽은 후에 흐르는 강들은
기쁨이고 슬픔이다
아리고 서럽고 두려운 울음이다

거대한 신상이 강물을 장엄미사곡으로 기록한다

아프리카는 암컷 원숭이와의 수간이었고 할례의 밀원

이었고 검은 대륙에 쏟아져 내리는 별빛이었다

달의 산*은 대륙을 거느리며 무수한 조울을 펼쳐 운명을 알린다

달의 산이 풀어놓은 조울에 걸려들었는지

달이 붉다

*나일강의 발원지

깊은 강이 너를 건너고 있다

묵음의 계단을 내려가도 강물 소리다

미선나무 아래 웅크린 길고양이 울음도 강물 소리다

강물 소리는 세상 놓지 못하는 너의 안타까운 숨소리

마음을 돌아나가는 노래는 동굴 속으로 사라진다

병 이전의 너를 기억하듯 어제까지의 강물 소리를 기억한다

강물 소리는 네 가슴을 밟고 가는 생애

같은 자리에서 두 번 들을 수 없는 신음이다

깊은 강이 너를 건너고 있다

네가 먼 곳으로 가고 있다

시인의 말

낙조를 본다.

문득 서러워진다.

열여섯 번째 시집을 출간한다.

수많은 계절의 환희와 고통을 생각한다.

통점이 생의 이곳저곳으로 옮겨 간다.

2023년 1월 시경재에서

김윤배

김윤배 충북 청주에서 출생했다. 1986년 『세계의 문학』에 작품을 발표하면서 문단 생활을 시작했다. 시집으로 『떠돌이의 노래』 『강 깊은 당신 편지』 『굴욕은 아름답다』 『따뜻한 말 속에 욕망이 숨어 있다』 『슬프도록 비천하고 슬프도록 당당한』 『부론에서 길을 잃다』 『혹독한 기다림 위에 있다』 『바람의 등을 보았다』 『마침내, 네가 비밀이 되었다』 『언약, 아름다웠다』와 장시집 『사당 바우덕이』 『시베리아의 침묵』 『저, 미치도록 환한 사내』 등이 있다.

E-mail baelon@hanmail.net